Bella

Pour Sacha Meyer Sam
S. M.

MIXTE
Papier issu de sources responsables
FSC® C022030

Loi n° 49-956 du 16 juillet 1949 sur les publications destinées à la jeunesse,
modifiée par la loi n° 2011-525 du 17 mai 2011.
ISBN : 978-2-09-253391-8
N° d'éditeur : 10221161 – Dépôt légal : janvier 2012
Imprimé en décembre 2015 par Pollina, Luçon, 85400, France - L74769A

Susie Morgenstern

la famille trop d'filles

Bella

Illustrations de Clotka

Nathan

un

MÊME SI « SŒUR » ça rime avec « cœur »,
Même s'il y a de l'amour pour chacune,
Même si c'est une foule de bonheur,
Rester un peu seule, est-ce demander la lune ?

Chez les Arthur, surtout dans la chambre des six filles avec les six lits alignés, quand on éteint la lumière à vingt et une heures et qu'on dit bonne nuit, c'est fini. Plus rien !

Et à ce moment-là, Bella sait ce qu'elle aimerait le plus au monde : une lampe de chevet dans une chambre pour elle toute seule, où elle pourrait lire autant qu'elle veut. Car on ne peut pas lire dans le noir.

Faute de lecture, lorsqu'elle a le temps, après les devoirs et avant de se coucher, elle apprend un poème par cœur. Après, elle le récite dans sa tête, allongée sous sa couette. De temps en temps, elle fait un échange de lit avec Gabriel, qui lui, rêve d'être dans la même chambre que ses sœurs. Mais dès qu'il se met à tousser à cause de la poussière ou de ces bêtes microscopiques qu'on nomme acariens, il doit retourner dans sa chambre et Bella dans la sienne.

Alors, elle se met à formuler des mots rien que pour elle, en espérant qu'elle s'en rappellera pour les écrire dans son cahier, qu'elle ne quitte jamais, sauf la nuit :

GARAGE

Que mille lucioles m'accompagnent au lit,
Et toute la nuit, je lis et je lis.
Mes yeux dansent avec les phrases,
Chaque mot comme une belle framboise.

Bella finit toujours par s'endormir, mais tous les soirs, elle a toujours ce sentiment de frustration en pensant à tous les livres qui l'attendent alors qu'elle est là, à se tourner et se retourner sur son matelas.

Parfois, elle lit pour Gabriel, mais aussi et surtout pour Cara, car le seul moyen de faire lire un livre à Cara c'est de le lui lire. Cara n'arrive pas à se concentrer à la fois sur la lecture et sur l'histoire. C'est l'une ou l'autre ! Du coup, quand elle voit sa sœur en train de lire, elle dit toujours :

– Hé ! l'intello ! Il y a mieux à faire dans la vie que de s'enterrer dans un livre. Tu pourrais par exemple… AIDER !

C'est vrai que Bella évite les taches ménagères et n'aide pas Anna et Cara autant qu'elles le voudraient. Pourtant, elle les assiste aussi à sa façon, silencieusement. N'apporte-t-elle pas un peu de calme dans cette famille bouillonnante ?

Bien que Bella soit la première de sa classe depuis le C.P., la même remarque revient chaque trimestre sur son bulletin : « Bella ne participe pas en classe. »

Et chaque fois, le soir, ça provoque un petit drame à la maison.

– Mais pourquoi tu ne lèves pas la main, comme tout le monde ? demande sa mère.

Heureusement, Anna la défend.

– Parce qu'elle sait tout, dit la sœur aînée, et elle n'a pas besoin de frimer devant tout le monde.

– On s’adresse à Bella.

– Je n’aime pas parler devant les autres, finit par avouer Bella.

– Il faut apprendre à parler ! On vit avec les autres ! On n’est pas des bêtes sauvages. L’avantage des êtres humains par rapport aux animaux, c’est la parole, déclare son père en grande pompe.

– Si je ne disais rien pendant mes reportages, je perdrais mon travail, ajoute sa mère.

– Oui, oui, approuve Bella en pensant que ce ne serait pas une si mauvaise chose d'avoir une maman en vrai à la maison plutôt qu'à la télé.

– Elle est quand même première de sa classe, note Anna.

– On peut toujours s'améliorer ! répond sa mère.

– J'essaierai, ment Bella, parce qu'elle sait qu'elle n'y arrivera pas.

Cette nuit-là, Bella pense à l'école de ses rêves :

Les murs sont tapissés de livres,
Et au lieu de tables,
Il y a des tapis de plage.
Et le seul travail des élèves est
de bien tourner les pages.

LE DÎNER EN FAMILLE n'est pas de tout repos,
Regardez ces six filles, avec chacune son bobo,
Elles ne savent pas encore le bon souvenir
Que ces moments représenteront dans l'avenir.

Pour l'aider à plus participer et à s'exprimer en public, la maîtresse lui propose d'être… déléguée de classe. Quel soulagement quand elle n'est pas élue ! Elle ne veut pas copier sur Anna qui, elle, a été élue.

Mais Anna, toute cheftaine qu'elle est à la maison, n'est pas non plus bien sociable à l'école. Bella sait qu'elle ferait mieux d'imiter Cara, qui est pleine de joie de vivre. Ou Dana qui fait rire tout le monde. Mais, c'est comme ça, elle se sent plus proche d'Anna, aussi secrète qu'elle. Car oui, Bella a un grand secret…

Un matin, la directrice entre dans leur classe et leur parle d'un concours national de poésie sur le thème de l'égalité. Un élève représentera l'école lors d'une sélection organisée par la ville et les gagnants pourront lire le poème qu'ils ont écrit à la télé !

– Est-ce qu'il y a des candidats dans cette classe ?

– Bella sera notre candidate, propose la maîtresse.

Le joli visage de Bella vire au vert. Elle se

laisse avaler par sa chaise. Puis elle vire au rouge. De quel droit la maîtresse la désigne-t-elle sans lui demander son avis ? Elle ne voit pas d'autre issue que d'accepter. Elle est bien trop timide pour dire non.

En fait, Bella, qui adore la poésie, serait contente de participer. Mais elle a peur de devoir lire son poème devant toute l'école.

Elle aimerait répéter, crier son poème le plus fort possible, mais elle n'est jamais seule dans la maison, et en plus il y a des voisins. Un soir, elle surprend tout le monde à table en chantant très fort :

– Passe-moi le sel !

– Good girl ! dit Billy, le garçon au pair, roux comme elle. That's the spirit !

Bella est toute heureuse, car c'est cela son secret : elle est folle amoureuse de leur garçon au pair. Ce qu'elle aimerait crier le plus fort au monde c'est « Bella et Billy ». Mais elle ne se le dit qu'à elle-même.

Billy n'imaginait pas que les autres allaient suivre l'exemple de Bella en hurlant chaque phrase comme dans un opéra. Quelle cacophonie ! Cara chante :

– Passe-moi les cornichons !

Dana répond :

– Va te faire cuire un œuf !

Elisa monte sur une chaise et danse tandis que Flavia hurle :

– Cette famille est folle !

Gabriel, comme d'habitude le meilleur spectateur de ses sœurs adorées, applaudit à tout rompre.

– Ça suffit, annonce Anna, reprenant le contrôle. Du calme ! On est sept enfants, on ne peut pas tous crier. Seule Bella a la permission de crier. Vas-y, ma chérie !

Mais à part « passe-moi le sel », Bella n'a rien d'autre à dire.

Dans son lit, d'où elle entend la respiration des cinq sœurs et même quelques ronflements, Bella réfléchit et écrit un poème dans sa tête :

On n'est pas tous pareils !
Certains parlent fort et beaucoup.
Il y en a qui aiment l'ombre et d'autres
le soleil,
Certains aiment écrire et d'autres pas du tout,
Que chacun soit ce qu'il est…

POESIE
BELLA

ON DIT « CELA M'EST ÉGAL ! »
Mais ce n'est pas possible
Dans ce monde brutal
C'est inadmissible
De ne pas avoir une opinion
Bien tranchée pour un idéal.

Elle récite ce poème devant toute la classe, pour s'entraîner. Elle bafouille, rougit, seul un filet de voix sort de sa bouche.

– On ne t'entend pas Bella ! dit la maîtresse. Vous l'entendez au fond de la classe ?

Qu'est-ce que ça l'énerve que tout le monde lui dise « Parle plus fort » !

La journée se déroule hélas trop lentement et c'est une Bella découragée qui rentre à la maison.

Mais heureusement, Cara a une idée pour aider sa sœur. Cara veut être comédienne et suit des cours de théâtre à la Maison de la Culture.

– Tu chuchotes « bonjour » dans mon oreille, propose-t-elle à Bella.

Celle-ci s'exécute.

– Maintenant tu dis « bonjour » à trois pas de moi.

Après trois pas, c'est six pas, puis d'une autre pièce, et de plus en plus loin.

– Je ne t'entends pas, dit très fort Cara.

Moi, tu m'entends et pourtant je ne crie pas.

– Bonjour ! lance Bella.

– Tu as compris ? Plus tu es loin, plus tu dois parler fort. Lève la tête et sors les sons du ventre. Garde la tonalité de ta voix. On le refait ?

– Non, j'ai compris. Merci !

– Tu devrais venir aux cours de théâtre avec moi !

– Mais j'ai atelier d'écriture en même temps.

– Bon, je te passerai des conseils.

– Tu es ma sœur préférée !

Billy aussi lui fait répéter très fort des phrases en anglais : « Peter Piper picked a pack of pickled peppers ».

C'est impossible, mais Bella s'efforce de le dire pour rester le plus longtemps possible auprès de lui.

Le jour du concours, dans la grande salle polyvalente de l'école, Bella s'imagine qu'elle est seule et que personne ne la regarde. Elle lève sa tête, mais ne voit pas le public, s'imagine en train de parler à Cara. Ou à Billy. Billy est présent dans sa tête à chaque instant. Alors, Bella parle aussi fort qu'elle peut comme si elle était dans une autre

pièce et comme par magie, tous entendent son poème :

Liberté, égalité, fraternité
Quelle belle idée !
Un programme pour l'éternité
Totalement effrité.

L'égalité des chances mythique,
Selon si on est né ici ou là,
L'égalité n'est pas algébrique,
On a de la chance ou pas.

Allons enfants dans ce combat,
Battons-nous pour la justice.
Soyons tous des candidats
Pour la fin des préjudices.

Puisqu'elle y croit si fort, Bella récite son poème avec émotion. Le jury désigne Bella Arthur, élève du C.M.2, gagnante. Elle représentera l'école Jacques-Prévert d'abord au concours de la ville puis, qui sait ? à la télévision !

L'héroïne du jour cueille en premier les bisous d'Elisa, de Flavia, de Cara et de Dana, présentes dans la salle polyvalente quand les résultats sont annoncés. À la maison elle en reçoit d'autres d'Anna et de Gabriel. Mais c'est Billy qui semble être le plus fier :

– Good girl ! Good job ! Hey ! You're the best !

Et puis les parents téléphonent et envoient des baisers à travers le combiné.

JE SUIS UNE ROUQUINE.
Et toi un rouquin.
Je suis ta copine.
Et toi mon copain.
Voisine-voisin, coquine-coquin.
Mais tu es le garçon au pair,
Et je n'ai que dix ans.
Tout ça pour dire…
Rien.

Bella n'a toujours pas sa lampe de chevet et ne peut pas lire toute la nuit comme elle en rêve, mais elle commence à savoir pousser sa petite voix vers l'extérieur pour se faire entendre.

C'est avec Billy qu'elle répète son texte pour la prochaine étape à la télévision.

– Comme ça mon français va mieux ! dit-il.

Le jeune Irlandais a du mal avec les verbes conjugués, avec le masculin, le féminin et… avec tout le reste ! D'ailleurs, il ne parle qu'au présent.

C'est quoi l'égalité ?
C'est que les noirs deviennent blancs ?
Et les blancs deviennent noirs ?
Les pauvres se font riches ?
Et les riches pauvres ?
Que les femmes se transforment en hommes ?
Et les hommes en femmes ?
Ou que l'on soit tous pareils ?
Non, restons un peu différents
Un peu pareils aussi !
Et que chacun s'épanouisse à sa façon
Avec cette belle liberté
Cette tant espérée égalité
Et ce rêve de fraternité !

– Very good Bella. Je comprendre tout ! dit Billy.

Pauvre Billy, parfois même le présent lui donne du fil à retordre !

– Il y a juste un problème : ça ne rime pas, poursuit-il.

– Tous les poèmes ne sont pas obligés d'être en rimes.

– Moi, j'aime rimes.

Bella rit gentiment de ces fautes mais la nuit, elle se récite un poème qu'elle a écrit juste pour lui :

Billy vit strictement au présent,
Grammaticalement.
Le passé est hors d'atteinte.
Le futur est sans crainte.

Ah ! que ce serait bien de parler anglais,
Ou si Billy apprenait mieux le français.
On saurait enfin communiquer.
On comprendrait ce que l'autre penserait.

Bella aime rêver et elle compte bien réaliser ses rêves un jour. Entre temps, elle profite de chaque moment passé avec le jeune homme, oubliant la petite copine stupide de ce dernier, l'horrible vampire Mary Jane, qui ne comprend pas un mot de français !

Ayant vaincu ses peurs et confiante, Bella n'a aucun mal à remporter le concours organisé par la ville. Prochaine étape : la télévision !

Noyée par les bisous de ses sœurs, elle a le ventre qui se noue à l'idée de ce nouveau défi mais oublie vite tout ça en voyant le grand sourire de Billy :

– La semaine prochaine, on gagne, ma star ! lui dit-il.

Cara, mi-jalouse, mi-fière de sa sœur, se dit qu'elle aussi aimerait être une star. Mais, au fond d'elle, elle sait que nous sommes tous les stars de notre propre vie.

Table des matières

Susie Morgenstern

Susie a grandi dans une famille de filles, mais jamais TROP de filles. En plus, elle a des filles ! Et des petites-filles ! Née aux États-Unis, elle a émigré en France et elle écrit en français (peut-être trouve-t-elle le français plus féminin ?). Elle a l'impression de bien comprendre les filles. Pour elle, un garçon c'est un extraterrestre ! Elle est la plus heureuse quand elle est chez elle, à Nice, en train… d'écrire !

Le titre *La Sixième,* de Susie Morgenstern, est édité à l'École des Loisirs.

Clotka

Clotka est née dans la formidable campagne picarde, mais elle vit à Paris depuis l'âge de 10 ans. En 2005, étudiante à l'EPSAA, avec ses camarades de promo, elle lance le blog *Damned*, première étape qui la conforte dans son désir de faire de la bande dessinée. En 2009, elle publie sa première BD, *Les équilibres instables* avec Loïc Dauvillier (Éditions Les Enfants Rouges). Parallèlement elle réalise des illustrations pour la presse et l'édition jeunesse.

Actuellement, elle prépare un album d'aventures, qui verra le jour en 2012, à peu près en même temps… que la fin du monde !

DÉCOUVRE UN AUTRE TITRE DE LA COLLECTION

premiers romans

Anna

Une série écrite par Susie Morgenstern
Illustrée par Clotka

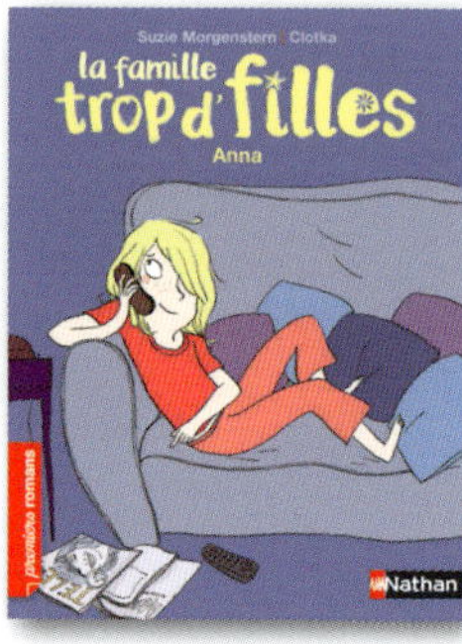

« Dans la famille Arthur, il y a sept enfants (...).
Comment les parents font-ils avec tous ces enfants ? (...)
C'est Anna, l'aînée, qui a changé les couches de Bella, la deuxième, qui s'est occupée de Cara, la troisième, qui elle-même a pris soin de Dana, la quatrième, en charge d'Elisa qui veille désormais sur Flavia qui, pour sa part, garde un œil sur Gabriel, le petit dernier.
Et puis, les parents ont aussi embauché Billy, le baby-sitter irlandais, le plus récent d'une longue série de nounous. »

Mais Billy fait souvent appel à Anna pour le seconder. L'aînée de la famille se retrouve ainsi avec beaucoup trop de responsabilités…